Les malheurs d'Hortense

Moka

Les malheurs d'Hortense

Illustrations de Magali Bonniol

Mouche
l'école des loisirs
11, rue de Sèvres, Paris 6e

Du même auteur à *l'école des loisirs*

Collection MOUCHE

Ah, la famille !
Au pied de l'arc-en-ciel
Bon à rien
Drôle de voleur !
Je m'excuse
Joséphine a disparu
La lanterne bleue
Ma vengeance sera terrible
Ma vie de star
Mon loup
Le poisson dans le bocal
Thomas Face de Rat...
Trois-Pommes

Loi n° 49.956 du 16 juillet 1949 sur les publications
destinées à la jeunesse : mars 2003
Dépôt légal : décembre 2003
Imprimé en France par Hérissey à Évreux - N° 95924

Pour Janine Maton
et les sœurs Sarrazin

CHAPITRE 1
Chouette, la classe de neige !

Hortense Langlois était aussi excitée que ses élèves. Cela faisait peu de temps qu'elle était maîtresse d'école. Et jamais auparavant, elle n'avait eu l'occasion de partir en classe de neige avec des enfants.

Le car arriva, très en retard sur l'horaire. Tous les enfants montèrent en chahutant. Ils se collèrent aux vitres pour faire des « au revoir » de la main.

– Assis ! hurla le conducteur.

Mais Delphine ne voulait pas être à côté de Nicolas, Marianne voulait être au fond et Laurence devant, Christopher refusait de quitter Kamel et Kamel voulait s'asseoir avec Grégoire. Après dix minutes d'affolement, Hortense réussit à tous les installer. On pouvait démarrer.

– Moi, je suis toujours malade en car, dit Sophie d'un air satisfait.

– Eh, Maîtresse ! protesta Aurore. Je veux pas rester près d'elle, elle va me vomir dessus !

– Bon, bon ! Prends ma place !

– Je veux pas être à côté de Jean-Yves !

– Pourquoi ? demanda Jean-Yves.

– Parce que ! Je peux aller au fond avec Marianne ?

– On est déjà serrés ! hurla Mona.

Hortense respira profondément et fit ce qu'elle détestait faire : la loi.

– Aurore, tu t'assois avec Jean-Yves et c'est tout !

– Je préfère encore le vomi !

– Obéis tout de suite ! cria Hortense.

Elle ne criait jamais. Tous les enfants se turent et la regardèrent avec stupéfaction. Aurore se leva, un peu inquiète. Hortense lui sourit pour la rassurer.

– C'est bien... Allez, les enfants ! On va tous chanter, maintenant ! *Mon beau sapin, roi des forêts !*

Le conducteur marmonna quelques mots et brancha la radio. Hortense se retourna et n'osa rien dire. Fort heureusement, ses élèves connaissaient toutes les chansons à la mode. Au bout d'un quart d'heure, le chauffeur regrettait amèrement *Mon beau sapin*.

– Maman a oublié mon pique-nique ! brailla soudain Delphine. Hic, hic !

– Ce n'est rien, ce n'est rien ! J'ai plus qu'il n'en faut dans mon sac pour nourrir dix personnes !

– C'est vrai, Maîtresse ? demanda Nicolas. Vous voulez bien échanger mon sandwich au camembert ?

– Moi, je veux bien le camembert, répondit Laurence. Qui veut une banane ?

La banane passa de main en main jusqu'à Marianne qui envoya trois biscuits au chocolat par retour. Les pommes, les chips, les bonbons et les tranches de gruyère circulèrent dans tous les sens.

Hortense renonça à y mettre bon ordre. Au moins, ils s'amusaient. Elle allait peut-être avoir cinq minutes de répit.

– Maîtresse, je vais être malade! prévint Sophie.

Hortense n'eut pas le temps de sortir une poche en plastique. Kamel monta sur son siège pour voir.

– Kamel, assis! ordonna Hortense. Ça va, ma chérie? Attends, je vais nettoyer...

Hortense se félicita d'avoir emporté un rouleau d'essuie-tout et deux grandes bouteilles d'eau. Christopher décida que c'était le bon moment pour enlever ses baskets. Une odeur écœurante de vomi et de chaussettes flottait dans le car.

– C'est bientôt qu'on fait pipi ? s'informa Grégoire.

*
* *

Au bout de six heures de route, quatre vomissements, trois culottes mouillées et un tragique accident de banane écrasée, le car arriva enfin à Moutiers-des-Alpes.

– Je vous laisse là, dit le conducteur.

Hortense regarda par la vitre.

– Mais non ! répondit-elle. Ça ne va pas du tout ! On m'a bien précisé que nous devions aller jusqu'au chalet « Au beau panorama » après le village !

– Moi, on m'a dit Moutiers-des-Alpes et on y est. Votre beau panorama, moi, je connais pas. Alors, vous descendez là.

Hortense ouvrit la bouche, la referma. Pendant tout le trajet, le chauffeur s'était montré odieux et elle n'avait pas osé protester. Cette fois, c'était une fois de trop.

– Mais il n'en est pas question ! s'écria-t-elle. Vous croyez que vous allez me larguer je ne sais où avec vingt-cinq mômes, à la nuit tombante ?

Les enfants s'étaient tus pour suivre ce qui se passait.

– Ouvrez la porte ! ordonna Hortense. J'aperçois quelqu'un, je vais demander le chemin. Personne ne bouge ! C'est compris ?

Elle empoigna sa parka et descendit précipitamment. Il faisait un froid

à ne pas mettre une institutrice dehors. Elle se mit à courir. Elle réussit à rattraper le monsieur avant qu'il ne disparaisse dans une maison.

Ses élèves étaient tous scotchés aux fenêtres.

Marianne s'inquiétait : et si elle ne revenait pas ? Mais non, leur maîtresse n'allait pas les abandonner ! Essoufflée, Hortense remonta dans le car.

– C'est facile, annonça-t-elle. Il suffit de continuer sur la départementale. Le chalet est à trente kilomètres.

Le conducteur bougonna et embraya.

Hortense était assez satisfaite. Elle avait eu sa revanche sur cet horrible bonhomme.

La route tournait et tournait en grimpant la montagne. Les enfants étaient très silencieux et somnolaient à moitié. Les paupières d'Hortense se fermaient. Elle était épuisée. Elle sursauta quand le car pila brusquement. Elle vit avec soulagement le grand chalet éclairé.

– Ça doit être là… murmura-t-elle. Ouf.

– Je vide la soute et je me barre, répondit le conducteur. Beau panorama ou pas.

Hortense avait une furieuse envie de l'étrangler. Les enfants s'agitaient. Ils voulaient tous descendre et Hortense eut du mal à les raisonner. Il fallait d'abord ranger toutes leurs affaires éparpillées dans le car.

– Mettez vos manteaux, dit-elle. Il fait très froid, dehors.

Elle inspecta soigneusement le dessous des sièges avant de sortir. Puis elle donna le signal. Les enfants bondirent en criant, en sautant.

– Y a de la neige ! Ouah ! C'est super ! On fait une bataille ?

Hortense trouvait curieux que personne ne les accueille. Il y avait deux voitures garées donc il y avait du monde.

Enfin, la porte s'ouvrit. Une dame emmitouflée apparut, suivie d'un homme en chemise.

– On va voir comment vous vous débrouillez sans moi ! hurla-t-elle.

– Mais vous ne pouvez pas partir comme ça ! répondit le monsieur.

– Ah oui ? Regardez bien !

Elle passa devant les enfants en les ignorant et monta dans une des voitures.

– C'est qui, la dame ? demanda Aurore. Pourquoi elle est fâchée ?

– Heu… Monsieur ! Je suis Mlle Langlois. Vous… vous nous attendiez bien ?

– Oui, oui ! dit-il en souriant. Je suis M. Bourdain, le propriétaire du Beau Panorama. Entrez, entrez !

Chacun chercha son sac dans la neige. Puis tout le monde entra.

– Nous sommes un peu en retard, s'excusa Hortense. J'espère qu'il n'y a pas de problème ?

– Non… En fait… si. Mais ça va s'arranger. L'intendante est partie, c'est tout. Un petit désaccord entre nous...

Un grand frisson parcourut le dos d'Hortense et ça n'avait rien à voir avec la température. L'intendante, n'était-ce pas la personne qui devait s'occuper des repas, de la location des skis, des tickets pour le remonte-pente ?

– Ne vous inquiétez pas, ajouta précipitamment M. Bourdain. Il y a des rôtis de dindonneau dans le congélateur, des tonnes de pâtes et des kilos de fruits au sirop ! Dès demain, j'irai chercher des provisions.

Il consulta sa montre et Hortense eut un autre grand frisson.

– Bon, bah, je m'en vais. Je n'habite pas ici et ma femme est souffrante.

– Quoi ? Mais vous ne pouvez pas nous laisser !

– Tout ira très bien, répondit-il sur un ton rassurant. Mon numéro de téléphone est affiché sur le panneau. Les dortoirs sont en haut. Ah… oui, il faudra faire les lits. La cuisine, c'est par là. Fermez bien la porte à clé. Allez, bonne nuit !

M. Bourdain prit son anorak et disparut.

Hortense était trop fatiguée pour réagir. Elle restait plantée là au milieu du tas de sacs.

– Quand est-ce qu'on mange ?

– Quand est-ce qu'on dort ?

– Où c'est qu'on fait pipi ?

Delphine secoua Hortense par la manche de sa parka.

– Maîtresse, Maîtresse ! C'est quoi, un rôti de dindonneau ?

Chapitre 2
Le rôti de dindonneau

Un cauchemar. Hélas, non. Hortense était bien réveillée. Quelle soirée ! Elle avait dû faire les lits des deux dortoirs. Les enfants étaient énervés, épuisés, affamés. Et les rôtis de dindonneau étaient tous congelés ! Bien sûr, il n'y avait pas de micro-ondes... Hortense avait préparé des pâtes pour tout le monde. C'était la première fois qu'elle cuisinait pour vingt-cinq personnes.

Par prudence, Hortense avait sorti plusieurs rôtis. Elle les avait laissés décongeler sur la table. Au moins, ils auraient à manger pour le lendemain.

Mais qu'allait-il se passer ? Le chalet était très isolé dans la montagne. Et si l'intendante n'avait pas prévu le transport pour les pistes de ski avant de rendre son tablier…

Hortense grogna et rabattit son drap sur sa tête. Elle voudrait être un ours et hiberner toute la semaine.

Le jour la surprit. Quoi, déjà neuf heures ? Elle n'entendait pas les enfants. Bon, il fallait se lever. Hortense s'habilla et quitta sa chambre. Elle ouvrit la porte du dortoir des filles. Vide ! Prise de panique, elle se précipita vers celui des garçons. Vide également !

Elle dévala l'escalier au risque de se rompre le cou. Et s'arrêta, stupéfaite, devant le spectacle.

Tous ses élèves étaient assis, en pyjama, devant leur petit-déjeuner.

– Bonjour, Maîtresse ! crièrent-ils en chœur.

– On a tout fait, déclara fièrement Laurence. Et sans bruit pour pas vous réveiller !

– On a trouvé le chocolat en poudre, expliqua Kamel. Et on a chauffé le lait dans la grosse casserole. Il a juste un petit peu débordé.

– Les biscottes et la confiture étaient dans le placard, ajouta Nicolas.

– On a mis les bols et les cuillères, dit Mona.

– On est les meilleurs ! hurla Grégoire.

Hortense sourit, tout attendrie. Le lait avait caramélisé sur la cuisinière. Les tables étaient gluantes de confiture, de biscottes écrasées et de chocolat en poudre. Les rôtis de dindonneau avaient décongelé et l'eau poisseuse avait coulé sur le carrelage. Les enfants avaient marché dedans.

– Vous êtes des chefs, les complimenta Hortense. Mais vous n'auriez pas dû me laisser dormir !

– On sait que maîtresse, c'est très fatigant comme métier, répondit gravement Aurore.

Hortense éclata de rire. Christopher vint la prendre par la main. On la fit asseoir, on lui servit son chocolat, on lui tartina ses biscottes avec de la confiture de fraises. Hortense distribuait des bisous à tout va. Comme elle les aimait, ses petits élèves !

Toute bonne chose a une fin. Hortense envoya les enfants se laver et s'habiller. Elle prit la serpillière, les gants en caoutchouc et nettoya le désastre. Mais son sourire ne s'effaça pas une seconde. Jusqu'au moment où elle pensa à M. Bourdain. Il aurait dû être déjà là.

Hortense prit le téléphone et appela le numéro affiché sur le panneau. Pas de réponse. Sans doute,

M. Bourdain était en route avec les provisions. Il n'allait pas tarder.

Juste derrière le chalet, il y avait une belle plaine enneigée. Le temps était au beau fixe. Hortense organisa une bataille de boules de neige à la grande joie des enfants.

À midi, M. Bourdain n'était toujours pas arrivé. Hortense téléphona plusieurs fois, en vain. Cela devenait inquiétant. Les enfants accrochaient leurs anoraks dans l'entrée. Marianne et Delphine proposèrent de mettre la table.

– Qu'est-ce qu'on mange ? demanda Christopher.

– Du dindonneau, répondit Hortense. Je vais allumer les fours.

– C'est quoi, du dindonneau ?

– Ben… C'est un genre de dindon. Une espèce de poulet.

Christopher regarda les rôtis. Il enfonça un doigt dans la viande molle et fit « beurk ».

– Moi, je veux une cuisse, dit Grégoire.

– Il n'y a pas de cuisse, expliqua Hortense. C'est préparé en rôti.

– Pourquoi ? demanda Jean-Yves.

– Il n’y a pas d’os, c’est plus pratique !

– Je n’aime que les cuisses dans le poulet, déclara Grégoire.

– J’en veux pas, dit Sophie. C’est trop bizarre, du poulet en rond.

– C’est du dindonneau ! cria Hortense, exaspérée. Vous en avez sûrement déjà mangé ! Il n’y a rien d’autre, de toute façon !

Elle se prit la tête entre les mains, au bord des larmes.

– Et je ne sais même pas combien de temps ça doit cuire…

– C’est pas grave si c’est mauvais, répondit Nicolas. On a l’habitude avec la cantine.

Finalement, les rôtis furent cuits.

Un peu brûlés dessus, un peu froid dedans. Mais les enfants ne se plaignirent presque pas. Sauf Mona parce qu'il n'y avait pas de sauce tomate pour les pâtes. Et Kamel parce qu'il ne voulait pas faire la vaisselle.

– Et maintenant ? murmura Hortense, toute seule dans la cuisine.

Si M. Bourdain ne revenait jamais ? Totalement déprimée, Hortense sortit cinq autres rôtis de dindonneau du congélateur. Puis elle balaya les débris des assiettes cassées par Christopher. Marianne passa la tête par la porte.

– On est prêts pour le ski, Maîtresse !

Hortense se retourna et vit qu'elle avait mis son anorak.

– On n'a pas de car, j'ignore où sont les pistes et je suis sûre que personne n'a réservé un cours pour vous !

Marianne se mit à hurler à l'attention de ses camarades :

– C'est Édouard qu'a raison ! On ne va pas au ski !

Hortense poussa un énorme soupir. Il fallait qu'elle se reprenne, qu'elle occupe les enfants.

– On va faire une balade dans la montagne, décida-t-elle. J'ai vu qu'il y avait des sentiers de randonnée juste derrière la maison.

*
* *

Le chemin serpentait à travers la forêt. Il grimpait un peu dur mais les enfants semblaient plutôt trouver ça amusant. Le ciel était bleu et tout allait bien. Hortense écoutait les conversations des enfants.

– Moi, si je vois un loup, dit Grégoire, je prends un bâton et bang, bang !

– C'est pas méchant, un loup ! protesta Nicolas. Si c'est un ours, là d'accord !

Les arbres s'espaçaient vers le sommet. Hortense regarda d'un air inquiet les profonds ravins de chaque côté du sentier. Elle jugea plus prudent de faire demi-tour.

– Maîtresse, Maîtresse ! appela Laurence. Y a Nicolas qui veut descendre dans le trou !

Hortense se retourna, affolée. Elle se précipita vers le garçon et le rattrapa de justesse.

– Qu'est-ce que tu fais ? C'est très dangereux, voyons !

– Mais, Maîtresse, c'est pour aller chercher la chaussure de Sophie ! expliqua Nicolas.

Il pointa le doigt. Loin, très loin, dans le ravin, Hortense aperçut la bottine.

– Qu'est-ce qui s'est passé ? demanda-t-elle.

– J'ai enlevé ma chaussure, répondit Sophie.

– Pourquoi ? Elle te faisait mal ?

– Ben non, je voulais juste regarder dedans pis elle est tombée !

Sophie avait souvent des idées bizarres. Hortense savait qu'elle n'aurait pas d'autre explication.

– C'est mouillé la neige, dit Sophie. J'ai le pied tout froid.

– Oh… gémit Hortense. Il faut que je te porte ou il va geler !

– Donnez-moi le sac, proposa Christopher.

– On va vous aider, Maîtresse, dit Édouard. À la une, à la deux, oh hisse !

Avec Grégoire, il souleva Sophie pour qu'elle monte sur le dos d'Hortense. Mona entortilla son écharpe autour de la cheville de Sophie. Laurence mit son bonnet par-dessus. Tout le monde rigola à cause du pompon qui s'agitait au bout du pied. Hortense rit beaucoup moins pendant la descente.

Avancer dans la neige, c'était déjà difficile. Sophie pesait lourd et elle glissait sans cesse. Les garçons marchaient à tour de rôle derrière leur institutrice pour la retenir. Plus d'une fois, Hortense dérapa. Mais les filles l'encadraient et la rattrapaient au risque de tomber également. Plus personne ne parlait.

Le soleil avait disparu derrière les montagnes. L'obscurité envahissait le sentier. Hortense avait horriblement mal dans les bras. Ses mollets tendus la faisaient aussi souffrir. Quant à ses mains, elle ne les sentait même plus. Kamel, parti en éclaireur, revint avec une bonne nouvelle. Le chalet n'était plus très loin.

À bout de souffle et à bout tout court, ils traversèrent enfin la grande plaine enneigée.

– Oh, la lune ! s'écria Marianne. Les étoiles ! C'est trop joli !

Ils s'arrêtèrent un instant pour regarder le ciel. Et d'un coup, la fatigue et la douleur s'évanouirent dans l'enchantement.

– C'est magique, le silence… murmura Delphine. On dirait qu'on est tout seuls au monde…

C'était presque vrai car la maison était toujours aussi vide à leur arrivée.

Hortense put enfin poser Sophie par terre.

– Viens avec moi dans la cuisine. Tu vas mettre ton pied dans une bassine d'eau chaude et après on frottera bien fort pour que le sang circule. Et tout le monde va prendre une bonne douche pour se réchauffer !

– Mais j'ai pu qu'une chaussure ! brailla Sophie.

– T'en fais pas, répondit Grégoire. Ma mère est du genre prévoyante. J'ai des bottes en caoutchouc dans mon sac.

– Mais t'as des grands pieds ! pleurnicha Sophie.

– Avec deux paires de chaussettes, ça sera parfait, l'assura Hortense.

– Eh, Maîtresse ! cria Laurence. Y a des paquets sur la table ! Des patates !

– Chouette, des bananes ! s'exclama Marianne. Du riz et des pâtes !

– Et de la sauce tomate ! ajouta Mona, ravie.

Il y avait aussi une lettre :

Bonjour ! Vous n'êtes pas là alors je vous laisse un petit mot. Je suis la belle-sœur de M. Bourdain. Il a dû emmener sa femme à l'hôpital parce qu'elle a une pneumonie. Mais ce n'est pas trop grave, Dieu merci ! Je vous ai apporté des provisions. J'ai mis plein de bons rôtis de dindonneau dans le congélateur.

Chapitre 3
Tout va bien, rien ne marche

Trois jours passèrent. Promenades, batailles de boules de neige et dindonneau à tous les repas… Hortense n'était pas ravie de faire le ménage et la cuisine. Le pire, c'était la lessive. Les enfants avaient vraiment un don pour se salir.

M. Bourdain téléphona pour s'excuser. Il était obligé de rester près de sa femme malade. On ne pouvait pas lui en vouloir.

Ce matin-là, Hortense traînait dans la salle de bains. C'était un des rares moments où elle était tranquille. Elle se frotta le bras. Ça grattait terriblement. Elle regarda sa peau. Elle était couverte de plaques rouges. Elle avait des démangeaisons depuis… depuis qu'elle se servait du gel de douche ! C'était sans doute une allergie au produit. Elle avait bien besoin de ça.

La neige tombait abondamment. Une balade dans la montagne semblait hors de question. Hortense organisa une séance de dessin, histoire de distraire les enfants jusqu'au déjeuner. Heureusement, elle avait pensé à emporter des feuilles et des crayons de couleur.

Elle passait de place en place, distribuant les compliments et les conseils. Le dessin de Kamel était particulièrement réussi.

– Il est magnifique, ton perroquet ! dit Hortense.

– C'est pas un perroquet ! répondit Kamel, offensé. C'est un dindonneau !

Hortense se retint de rire et fila à la cuisine.

Hélas, les rôtis n'étaient pas aussi jolis ! Au moins, elle savait les cuire correctement maintenant.

Les enfants chahutèrent beaucoup pendant le déjeuner. Il devenait de plus en plus difficile de les tenir. Ils n'allaient pas tarder à devenir enragés. Il était urgent de leur trouver une occupation.

Hortense regarda la grande cheminée du réfectoire. Elle avait remarqué le tas de bois dehors, à l'abri sous une bâche.

– J'ai besoin de quelques costauds ! dit-elle. On va rentrer des bûches.

Toutes les mains se levèrent. « Moi ! Moi ! » Hortense fit son choix parmi les garçons.

– Et c'est pas juste ! protesta Marianne. Je vaux mieux que Jean-Yves !

– Pourquoi ? demanda Jean-Yves.

– Tu sais pas grimper à la corde !

– Très bien ! concéda Hortense. Vous n'avez qu'à tous y aller si ça vous amuse ! Mettez vos anoraks.

Les enfants travaillèrent avec enthousiasme. Peut-être un peu trop... Il y eut bientôt un énorme tas de bûches dans l'entrée.

– Holà, ça suffit ! s'exclama Hortense. Je voulais juste assez de bois pour faire un feu, ce soir. Non, Grégoire ! Ne ressors pas tout, voyons ! Ce n'est pas grave.

– Oh Maîtresse, on peut allumer le feu tout de suite ? supplia Laurence. S'il vous plaît, s'il vous plaît !

Après tout, c'était une bonne idée. Les enfants en avaient envie et il faisait frisquet dans la grande salle. Hortense leur montra comment placer les grosses bûches dessus et les petites branches en dessous. Ils voulaient tous actionner le soufflet.

– C'est normal, la fumée ? demanda Aurore, en toussant.

Au début, Hortense avait pensé que le bois était mouillé. Mais ça devenait inquiétant.

– La cheminée est fermée, dit Nicolas. C'est comme chez mon papy.

– Oh bien sûr ! s'écria Hortense. Bravo !

Elle trouva la chaîne qui ouvrait le clapet sur le côté. La fumée fut enfin aspirée vers le haut.

– C'est quoi, ce bruit ? demanda soudain Delphine. Écoutez ! Bang, bang !

Ça venait du premier étage. Un volet s'était détaché et cognait violemment contre le mur. Hortense ouvrit la fenêtre. Un coup de vent glacé balaya la pièce. Le neige tombait si serrée qu'on ne voyait même plus la plaine.

– Le radiateur est tout froid, dit Laurence dans son dos.

Hortense sentit la panique l'envahir. Une tempête était en train de leur tomber dessus et il n'y avait plus de chauffage !

– Laurence, Mona, fermez tous les volets et les rideaux ! ordonna-t-elle.

Puis elle se précipita au rez-de-chaussée. Où donc était la chaudière ? Elle essaya des portes au hasard et finit par trouver celle de la cave.

– Ça marche plus ? demanda Grégoire qui l'avait suivie.

Hortense appuya en vain sur les boutons de réglage. Elle n'y connaissait rien en chaudière ! Elle remonta pour appeler M. Bourdain. Elle composa le numéro. Puis son visage devint plus blanc que la neige.

– Ça ne va pas, Maîtresse ?

Le téléphone à la main, Hortense regarda Grégoire. Elle était incapable de parler. Il n'y avait personne au bout du fil. En fait, il n'y avait rien du tout.

Ni sonnerie, ni tonalité. La ligne était coupée.

*
* *

Pas de chauffage, pas d'eau chaude et pas de téléphone. Par chance, la cuisinière fonctionnait au gaz.

– On va finir congelés comme les dindonneaux, dit Marianne.

– C'est pas vrai, hein, Maîtresse ? s'affola Delphine.

Les petits visages inquiets se tournèrent vers Hortense.

– Bien sûr que non ! répondit-elle. On a un énorme tas de bois pour la cheminée !

Les enfants ne semblaient guère convaincus. Il fallait réagir.

– J'ai une super-idée ! Nous allons dormir ici !

Ils ouvrirent tous de grands yeux étonnés.

– On va s'amuser ! s'écria Hortense. Poussons les tables !

Il n'en fallait pas plus. Tout devint un jeu.

On descendit les couvertures et les matelas dans le réfectoire. Hortense fit un tas de braises dans un coin de la cheminée pour cuire les pommes de terre. Puis elle prépara du chocolat chaud.

Tout le monde s'assit sur les matelas. Hortense prit son livre de contes et commença la lecture. L'après-midi passa vite.

– Vous savez quoi ? dit Hortense. Nous allons faire une veillée.

– Qu'est-ce que c'est, une veillée ? demanda Mona.

– C'est quand on se couche très très tard, répondit Laurence.

– C'est ça, acquiesça Hortense. On chante des chansons, on se raconte des blagues idiotes et des histoires qui font peur en grignotant des tas de saletés !

– On va encore bouffer du dindonneau ? supposa Édouard.

– Oh que non ! Nous allons manger les patates avec les doigts en se mettant du noir partout. Je vais faire du riz au lait. Avec de la confiture de fraises et des bananes, ça va être absolument écœurant ! Et j'ai aussi un secret... je sais faire du caramel qui colle aux dents.

Hortense leur montra comment on faisait fondre les morceaux de sucre avec un peu d'eau dans la casserole. Quand tout était bien brun et visqueux, on avait du caramel brûlant. Il suffisait alors de le verser sur des assiettes beurrées et d'attendre qu'il devienne dur et froid.

Le repas se fit dans le désordre car les pommes de terre cuisaient très lentement sous la cendre. On chanta toutes les chansons à la mode. Grégoire avait un réservoir inépuisable de blagues et de devinettes. Les patates furent enfin prêtes et Hortense raconta d'affreuses histoires de fantômes.

À trois heures du matin, les enfants s'endormirent, emmitouflés dans leurs couvertures. Hortense mit plusieurs grosses bûches dans la cheminée. Elle était épuisée mais l'inquiétude la tenait éveillée. Dehors, le vent hurlait. La tempête ne semblait pas vouloir se calmer. Qu'allait-il se passer si personne ne venait à leur secours ?

Somnolant à moitié, Hortense fit un horrible cauchemar. Les enfants étaient saucissonnés comme les rôtis et décongelaient sur la table de la cuisine.

*
* *

La matinée était bien avancée quand tout le monde se réveilla. Il neigeait encore beaucoup. Le téléphone ne marchait toujours pas. Hortense organisa des jeux. Les glissades en chaussettes sur le carrelage remportèrent un franc succès.

En fin d'après-midi, Hortense ne savait plus quoi inventer pour les distraire.

Marianne et Delphine dessinaient sur les fenêtres embuées.

– Maîtresse ! appela Marianne. Il y a quelque chose dehors !

C'était un chasse-neige qui dégageait la route. Il s'éloignait déjà. Hortense enfila sa parka et se précipita à sa poursuite.

– Allez, Maîtresse ! Allez, Maîtresse ! l'encouragea Kamel à pleins poumons.

Hortense dérapa, tomba, se releva et continua de courir en hurlant.

Enfin, on l'avait entendue ! Hors d'haleine, elle s'accrocha au véhicule bien décidée à ne pas le laisser repartir. Elle se mit à pleurer. Comme ça. Tout d'un coup.

– Ben, qu'est-ce qui vous arrive, ma petite dame ? demanda le conducteur de la machine.

Le monsieur était très gentil. Il la raccompagna jusqu'au chalet. Il écouta patiemment le récit de tous ses malheurs. Il réussit à remettre la chaudière en marche. Il promit de signaler à la compagnie de téléphone que la ligne était coupée.

Hortense lui offrit deux rôtis de dindonneau pour le remercier. Après son départ, elle s'aperçut que sa cheville lui faisait mal.

Grégoire la prit par la main et la fit asseoir. Laurence mit de l'eau chaude dans une bassine avec beaucoup de sel. Nicolas l'aida à enlever sa botte. La cheville était bleue et enflée. Sophie lui massa la jambe. Aurore fit du chocolat chaud. Puis tous les enfants s'assirent en rond autour d'elle pour lire des contes à tour de rôle.

Personne n'avait envie de coucher dans les dortoirs. Alors on décida de faire une autre veillée. C'était tellement rigolo !

*
* *

M. Bourdain revint le dernier jour avec un énorme pique-nique pour le voyage. Il se confondit en excuses et promit de rembourser les cours de ski qu'ils n'avaient pas eus. Il faisait à nouveau beau temps.

Hortense avait des cernes jusqu'aux genoux, des plaques rouges partout et une cheville bandée. Ses élèves étaient en pleine forme.

– On s'est vachement amusés, hein, Maîtresse ? dit Marianne en montant dans le car.

– Ouais ! cria Kamel. C'était trop trop bien !

– J'espère qu'on recommencera l'année prochaine ! ajouta Édouard.

– C'était la meilleure semaine de toute ma vie ! s'exclama Laurence.

Un large sourire s'épanouit sur le visage fatigué d'Hortense. Les enfants, on pouvait toujours compter sur eux.